最後のページ

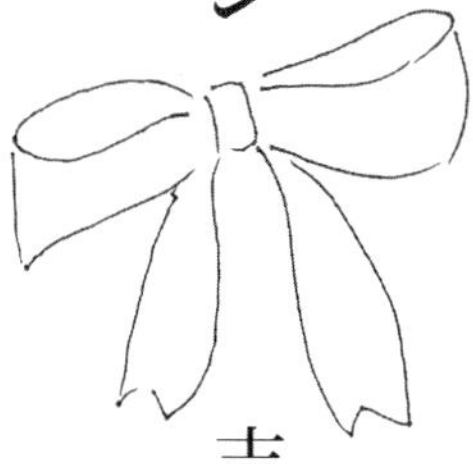

吉田陽子

けやき出版

最後のページ／目　次

第一章　想う

第二章　ココロのススメ

第一章　想う

朝　刊

こんな寒い朝にも
新聞を
届けてくれる
人がいる
こんな雪道を
宅配便を
運ぶ人がいる

目には見えなくても
日常は
人の心で満ちている

春が
寒さをこえるのは
人の心の
あたたかさゆえ

今日

早く目が覚めた
朝には
あの人に
葉書を書こう
ポストまでの
道を
ゆっくり歩こう

きらきら光る
さざなみの上を
生まれたての太陽が
滑ってくる

いつもと同じだけど
新しい
今日という一日

粉雪

雪が降ると
嬉しい
こごえながらも
ときめく

あなたも
きっと
このにびいろの

空の下で
手のなかに
そっと消える
粉雪を
見ている

淡い
恋模様

虹

いつも
ひとりで
空を
見ていた

おとなしい
ふりをしながら
頭の中に

はちきれそうな
言葉を
抱えていた

あなたという
虹を
希望を
見つけるまでは

呼吸

呼吸するように
必要としたい
必要とされたい

呼吸するように
あなたに
よりそいたい

あなたを
生かし
あなたに
生かされたい

呼吸するように
自然でいたい
やわらかでいたい
優しくありたい

淡い恋

ちょっとだけ
好きがいい
青くて
淡い
ちょっとだけ
気になるのがいい

嫌いな所が

あるのもいい
下心だって
見えていい

でも
いつのまにか
全部になって
ゼロになる

女の手

手を見れば
その人が
わかるよって
言われて
はずかしかった

何もしない
つやのある

自分の手が
はずかしかった
しもやけや
あかぎれのある
働く女の手が
あなたは
好きなのでしょうね

雑　踏

頭の形は
みんな
ちがうのに

雑踏の中で
あなたの姿を
さがすのが
難しいのは

なぜだろう

小犬のように
耳をすましても
なかなか
あなたの足音だけが
近づいてこないのは
なぜだろう

既視感

もう終わり
ふたりは
相手よりも
早く
別れを切り出す
タイミングを
はかっていたのに

うつろに
部屋に響く
愛した人の
サヨナラに

我知らず
ほっとする
歪んだ既視感

びいどろ

びいどろ細工のように
美しい恋をした

色を変える
ふたりのこころが
光をうけて
きらめいた

びいどろ細工のように
はかない恋だった
壊すしかなく
壊れるしかなかった

びいどろの破片で
傷付いたのは
私ではなかった

かぎ

かぎをかけたものが
本当に大事なら
そのかぎを
捨ててしまえ
記憶の中にだけ
存在する
美しいものにしてしまえ

第二章　ココロのススメ

ひとり

ひとりで
生きることを
迷わない

生まれるときも
ひとり
死ぬときも
ひとり

ひとりでしか
できないこともある

ひとりで
生きていると
思わない
誰かとどこかで
つながっている

見えないもの

幸せな時は
意外と
周りが見えないものだ

逆境は
人を聡明にする
静かな心の鏡が
真実を映し出す

孤独を感じる
時にしか
見えないものも
あるんだ

それが自分にとっての
一生の宝だ

自分の時間

自分の時間が
欲しいだなんて
すべての時間は
自分のものだよ

誰かに
拘束されている
気でいても

その人に
生きがいを
もらっている
自由な時間なんだよ
むだにするのも
楽しむのも
自分次第

人との距離

近すぎると
嫌いになる
本来は
好きだった人

気が付くと
後足で
砂をかけている

世話になった人
わがままを
わがままだと
思わずに
ぶつけている
家族と
周囲の人々

一歩

まがりくねった
道を行くように
自分の生きる希望が
見えない時は
とにかく一歩一歩
踏み出すしかない

運命にいたぶられて

誰のために
生きているのかすら
わからない時も
歯を食いしばって
明日を待つんだ

時だけが
答えを知っているから

なおる

神様が
人間に与えた中で
いちばん
すばらしいのは
時間がたつと
自然に心を
いやせる力だ

つらい思いを
痛い思いを
乗り越えた時
その人の中で
何かが
生まれかわる

強く、強く

いい人

いい人に
なろうとすると
結局
自分に無理がくる

人から
どう思われたって
いいじゃない

深呼吸して
背すじのばして
深く深く
考えるんだ

それで自分は
どうしたい？

じぶんは、、、

どんなにうまく
言いつくろっても
自分だけはだませない

完璧なアリバイも
自分の心の前では
簡単にほころびる

自分には
正直に生きようよ

嘘をつくろっている
自分がはずかしいから
つじつまを
合わせている
自分が醜いから

やりたいこと

やりたいことが
みつかったら
それはほとんど
やりたいことが
できたってことだ

頑張っていなければ
「やりたい」は

振り向かない
頑張っている
だけでも
「やりたい」
には届かない

「やりたい」は
信じぬくこと

努力

すぐに
結果の出ないことを
全力でやっていると
見た目では
わからないけれど
自分の内面が
熟してくる

第三章　自分を生きる

一隅

一隅を照らす
そんな
生き方もいい

ひなたを
選ばない
どくだみの花が
誰に

愛されなくても
咲くように

私は私を生きる

天は
きっと
見ている

人相

証明写真って
なんでこんなに
人相悪く
写るんだろう

いいや
それがわたしの
今の

本当の顔なんだ
不平不満で
いっぱいの
崩れた
表情なんだ

本当の自分なんだ

心という字

心という字は
一見簡単そうで
書いてみると
難しい

生きていく上での
バランスが
凝縮されている

心という字を
書いてみる
ゆがんだ心
醜い心
いじけた心
どれもみな
私の心

リセット

失うことを
怖れたから
走り続けられた
嫌われまいと
笑顔でいられた

でもそうやって
守ってきたのは

ただの自尊心だった

空気を読んで
人の顔色見てなんて
もうやめよう
正直な
自分に戻れたら
また何か見つかるよ

一途

一筋であれ
一途であれと
教えられて
真面目さゆえに
道を見失った
自分を

どんな時も他人に

サイドブレーキを
踏まれている
自分を

信じてみよう
踏み出してみよう
自由は
すぐそこにいるのだ

転機

茶色く濁った
水の前で
水面に映った
自分の影を
見ている

ここから
一歩踏み出せば

自分は
壊れるだろうか
溺れるだろうか

これまで
あたりまえだった
自分を捨てて
跳べるだろうか

住所録

古びた
アドレス帳を
めくると
その年頃の
自分がわかる

この人のことを
どのように

思っていたとかいう
息づかいまでが
よみがえる

もう関わることは
ないと知りつつも
捨てられないままの
名前たち

喪失

金魚が
死んだ
傷付けてから
会ってくれない
あの人を
思い出した

かけがえの

なさとは
失って
はじめて
身にしみるもの

ささいだけど
大切なものを失う
事の重さ

最後の一日

もしも今日が
一生の最後の日
だったら
私は何をするだろう

自分が傷付けてきた
たくさんの人に
ごめんなさいを

告げるだろうか

それとも
自分を絶対に
悪く言わない人を
選んで
電話を
かけるだろうか

わたげ

たんぽぽは
地に深く
根をおろして咲く
暑さ寒さに
耐えて咲く
その種子は
空を旅する

私は
たんぽぽの児に
なりたい

わたげの
かろやかさ
優しさ
そして自由

おばさん

見た目も
なかみも
おばさんに
なっちゃうと
もう
戻れないんだなあ

第四章　海

海のおしえ

眼下に広がる
被災地の海の
細かな波は
まるで亡き魂が
語りかけて
いるようだ

濁流となって

街を流した海は
今はおだやかに
残された者に
告げる

天をおそれよと
今を生きよと

ツナミ　3・11

子供達が
無邪気に遊ぶ
漁村の空き地に
家や生活が
あったことを
人々はもう
覚えていない

津波に
のみこまれた
命への
せめてもの
祈りとして

祭ばやしだけが
流れていく

追憶

灯台の
向こうから
日が昇る
まぶしげに
水面に躍る
希望たち

夕映えに

見送られながら
日が沈む
一日のなごりを
さざ波に
映しながら
色を染めゆく
記憶たち

あとがき

東日本大震災から四年以上が過ぎた。震災詩を書くことからスタートした私も、それと同じ長きにわたって詩を書いてきたことになる。

詩を書く中で見えてきたのは、自分自身の醜さ、弱さ、汚さだったと思う。あとがきを書くたびに記した「ありがとう」よりも、本当は「ごめんなさい」と言うべき人の多さを感じている。それでも生きていかなければならないのが人間なのだろう。

ずっと見守ってくださったけやき出版の皆様の励ましに心から感謝申しあげたい。家族に、読者の皆様に、本当にありがとうございました。

吉田　陽子

初　出

「びいどろ」
産経新聞「朝の詩《うた》」2014年７月28日掲載

「海のおしえ」
NHKニュースワイド茨城「東日本大震災から４年」
2015年３月11日朗読　一部改訂

著者プロフィール

吉田　陽子（よしだ　ようこ）

1971年生まれ
茨城県日立市在住　詩人
頌栄女子学院高等学校卒
慶應義塾大学文学部卒
趣味は英語、音楽、腹話術

〈著書〉
「生きていこう」（日本文学館）
「続・生きていこう～茨城より」
「あしたはれたら」「踏まれてもなお」
「がんばっぺ？」（以上　創栄出版）
「生きる約束」（けやき出版）

最後のページ

2015年 8 月18日　第 1 刷発行
著　者　吉田　陽子
発　行　株式会社 けやき出版
〒190-0023 東京都立川市柴崎町3-9-6 高野ビル 1 F
TEL 042-525-9909　FAX 042-524-7736
ＤＴＰ　ムーンライト工房
印　刷　株式会社 平河工業社

ISBN978-4-87751-545-4　C0092